UMA MULHER
DE PALAVRA

Título: Uma mulher de palavra
Autora: Gabriela Ruivo Trindade
Revisão: Gabriela Ruivo Trindade
Capa: Gabriela Ruivo Trindade & Emanuel Ferreira
Fotografia da autora: Emanuel Ferreira
Projecto gráfico e paginação: Gabriela Ruivo Trindade
ISBN: 9798848827613
Impressão: Kindle Direct Publishing
Edição de autor
Ruiva Books, Outubro de 2022

A autora não segue o novo acordo ortográfico para a língua portuguesa.

UMA MULHER DE PALAVRA

POÉTICA MENTE

GABRIELA RUIVO

Para a minha querida Marilena:
o primeiro de muitos

ÍNDICE

ACIDENTES DE PERCURSO

EPIDEMIAS

AGRADECIMENTOS

"*É surpreendente a perfeita imperfeição de um corpo humano. O tanto que cabe amontoado ali dentro.*"

Carla Bessa, *Urubus*, Confraria do Vento
Prémio Jabuti

Prólogo

Para a Sónia Queimado-Lima

No sonho, esquecera-me de algo importante e pedia-te perdão. Esquecera-me dos colares, feitos à mão, que me deras para eu vender. E jurava a pés juntos que não, não me tinhas entregado nada, até que me recordava. Sim, tinha uns fios de prata embalados, elegantes, umas pedrinhas incrustadas, pequeninas, brilhantes. Os sonhos não deixam de me surpreender pelo modo como brincam com a realidade. Ao acordar, percebi que me esquecera de algo importantíssimo. E já o sabia, sempre o soubera, desde o dia em que vira o teu desenho pela primeira vez, até àquele outro momento em que, com um sorriso tímido, mo ofereceste, como se pedisses desculpa, como se a tua dádiva pudesse ser entendida como uma intrusão. O que pode ser pior do que oferecermos o melhor de nós e esse gesto esbarrar numa parede de silêncio?

Não saber porque se reage de determinado modo, ou saber, mas ser doloroso encarar essa verdade, o sentimento que tanto tempo se levou a esconder de nós mesmos; eram esses os trilhos que a minha mente percorria depois de acordar daquele sonho. Foi preciso um sonho para que eu saísse do torpor em que me encontrava e procurasse entender, descer até ao fundo da consciência desse gesto, que não fora um mero esquecimento. Não, eu nunca me esqueci do desenho, preservado dentro da pasta em que mo ofereceste. Soube da sua existência em todos os momentos e, no entanto, não hesitei em votá-lo à inexistência.

Abri a pasta e encarei aquele rosto de criança, e foi quando percebi que encarava um fantasma. Doía olhar para ela, a menina feia. Os traços definem tão bem a tristeza do seu olhar, há tantos anos! A dor que sempre a acompanhou e teve de engolir, esconder, fingir que não sentia, substituir por um sorriso; mas o olhar, ah, o olhar não mente, não se deixa enganar, o olhar espelha o que vai dentro, o mar revolto, o olhar é o centro do mundo, a janela que se recusa fechar na tempestade, o olho do ciclone que arrasa populações inteiras dentro de nós. A criança que tão bem retrataste com a tua sensibilidade, o teu olhar de artista, é a mesma que eu abandonei há muito, porque tinha um rio de lágrimas para chorar e temia afogar-me nele. A vergonha que sentia dela, da sua dor, das suas feridas, do seu corpo violado e machucado era tanta, que tive de a esconder bem no fundo de mim, trancada num quarto sem portas nem janelas, uma masmorra de solidão onde jamais me atreveria a descer. E tu, sem saberes, ofereceste-me todo este quadro de tremendas pinceladas, para o qual eu ainda não estava preparada. E por isso limitei-me a agradecer com um sorriso tímido e guardei o desenho ciosamente até hoje, escondido dentro da sua concha, tal como aquele rosto teve de permanecer oculto da minha consciência e dos olhos do mundo.

Os sonhos têm este poder, o de nos fazer regressar aos lugares onde fomos infelizes. À morada da nossa miséria. Só depois de conhecermos essa casa nos poderemos aventurar pelo mundo e construir os lugares da felicidade. Ao contrário da sua antítese, a felicidade é algo que se constrói. A infelicidade é-nos imposta, mas sem ela não poderíamos ser felizes.

Ando há tempos à procura dessa criança perdida nos atalhos da minha infância, de uma forma de chegar até ela, de a escutar, de a deixar exprimir o seu pesar, e eis que me tinhas oferecido essa possibilidade e eu não percebera, não soubera interpretar esse gesto. O teu desenho vai finalmente ocupar o lugar que sempre lhe esteve destinado: a parede da minha casa. De hoje em diante, vou olhar o rosto daquela menina todos os dias, vou saudá-la, encarar os seus olhos e dizer-lhe que pode chorar todas as lágrimas, pode transbordar de tristeza, pode gritar até ficar rouca, pode rebentar de raiva, pode até engolir o mundo inteiro e o universo e as galáxias. Acima de tudo, vou olhar para ela sem medo, encarar a fealdade que sempre vi no seu rosto, frutos do medo e da vergonha de um sofrimento grande demais para o seu pequeno tamanho, um sofrimento escondido como se fosse um crime. Vou dar-lhe voz, vou matar-lhe a sede, vou dar-lhe os meus braços e abrir-lhe a porta do mar e trazer-lhe o infinito para dentro do peito. E ver a sua beleza desabrochar.

Mulheres

Uma mulher de palavra

Era uma mulher de palavra. As palavras nasciam-lhe nos braços e derramavam-se pelas mãos abertas. Fugiam-lhe entre os dedos. Era uma mulher de palavra, e ficava sem palavras. A voz perdia-se nos labirintos dos argumentos e emudecia nos becos sem luz das trocas azedas de palavras; palavras gastas à bruta e à pressa, mal-nascidas, cuspidas, vomitadas, violadas; a ela, uma mulher de palavra, a voz atraiçoada. Quando cantava abria o peito aos pássaros e esquecia as palavras; esquecidas, as palavras antes esfaqueadas ganhavam força e melodia e voavam aladas nas alturas, mergulhavam na água das nuvens, mexiam o corpo e dançavam; caíam, exaustas, e escorriam languidamente pelo pescoço de Deus, volúpia interdita e apetecida, interrompida por meias palavras, murmúrios, rios silenciosos de asas nocturnas, risadas cristalinas, água espelhada no charco de um olhar minucioso, íntimo, um olhar preciso, atento, irrequieto, pronto a morder. As palavras iam e vinham, nasciam, morriam-lhe na boca, a ela, uma mulher de palavra. Uma mulher sem palavra. Uma mulher nua. Uma mulher vestida apenas com a pele do corpo, e as palavras que já não lhe cabem na boca. Uma mulher sem boca. Louca. Alucinada.

A mulher do outro lado do espelho

Não sei o que se passa com os espelhos desta casa. Nunca me devolvem a mesma imagem. Às vezes, descubro o rosto de uma mulher jovem, muito mais jovem do que eu. É bonita e sorri-me. O sorriso dela tem a limpidez da primeira luz da manhã. O corpo tem a mesma frescura que descobrimos no ventre da fruta madura. Gosto de olhá-lo e de namorar com ele. Namorar apenas com o olhar. Habitá-lo como se fosse a minha casa. Fingir que não é meu, e que não sou eu que o olho, mas o olhar do desejo. Desejar exige distância e alguma imaginação. De outras vezes, é uma mulher velha que me olha. Cabelos grisalhos, rugas ao canto dos olhos e costas cansadas. Adivinho-lhe o olhar tingido de um cinzento matizado onde se entrelaçam dores muito antigas. Vêm-me à memória os novelos de linha matizada com que a minha avó tecia naperons em crochet para a mesa da cozinha e para o cesto do pão. Dura apenas breves instantes, este relâmpago. A mulher velha não sorri, apenas me fita; os seus olhos, porém, não se detêm em mim, atravessam-me como uma seta, evitam os meus como se tivessem medo. Ou talvez o medo seja meu. De me tornar velha como ela. Rugas, achaques, doenças? Envelhecer é voltar à infância, sem os privilégios da infância. O corpo deixa de ser nosso, assim como os dias, a vontade, os movimentos. Voltamos a precisar que cuidem de nós. E esse gesto, o de nos colocarmos nas mãos de outra pessoa e ficarmos inteiramente à sua mercê, é o que verdadeiramente nos tira o sono. De outras vezes, ainda, encontro na superfície do espelho a face rechonchuda de uma mulher gorda. As carnes da mulher gorda avolumam-se nos meus olhos. Tem um sorriso patético e triste. Parece ainda escutar a voz distante da mãe: *Ao que te deixaste chegar!* A voz da mãe, num misto de compaixão e repugnância. Mas a verdade é que também a ela a gordura do seu corpo a embaraça. Há gente para quem uma mulher gorda é o mesmo do que um insulto vindo da sua boca. Essas pessoas, se tivessem poder para isso, inventariam uma lei que proibisse os gordos de saírem à rua. Naturalmente, construiriam lares e casas de acolhimento onde estes se pudessem albergar longe dos olhos do mundo. Tudo com as máximas condições de higiene e comodidade, evidentemente. Coitados, no fundo são doentes, pensam, num misto de piedade e alívio por não ser contagiosa, esta doença. A mulher do outro lado do espelho despe o sorriso e a melancolia juntamente com a roupa e devolve-me a sua nudez, sem pudor. Olho o seu corpo, incrédula, onde descubro a languidez das formas de uma mulher madura. Uma mulher da minha idade. Sorrio e namoro-me, piscando o olho ao espelho, que novamente se diverte a iludir-me a percepção. Os meus olhos deixam de ser meus. Na-morar é uma outra forma de morar. Morar dentro, e fora de nós. Dentro, e fora do outro. Porque só quando amamos percebemos que dentro e fora se confundem.

Para sempre

As palavras dela chamavam o vento, enfureciam os mares e escureciam os céus. Incendiavam as matas, atiçavam as feras, enfraqueciam os espíritos. Convocavam demónios. Ferviam o sangue nas veias, congestionavam as vias respiratórias, alteravam o ritmo cardíaco. Provocavam terramotos e derrocadas, acordavam vulcões adormecidos e, porventura, detonariam cataclismos nucleares. Por isso, fez a única coisa que havia a fazer. Calou-se para sempre.

Sina

Abrias os olhos redondos, de um brilho translúcido, como berlindes. Os passos levavam-te sempre em frente. Usavas calças à boca de sino e uns lenços de cores esvoaçantes à volta do pescoço. O recorte das ancas perdia-se nos tecidos vaporosos das túnicas indianas de muitas cores, que quase te chegavam ao joelho. Quando passavas na praça, usando a luz do sol como uma coroa, com a mesma altivez das mulheres que, sem um queixume, assim transportam bilhas pesadíssimas de água no outro lado do mundo, as ciganas corriam ao teu encontro, morenas, vestidas de preto, para te lerem a sina. Tu olhavas para elas, e nesse gesto desprendias a serpentina colorida dos berlindes, que rolava como um velho colar de contas, cada uma um elo na ordem cósmica universal. E dizias, como se recolhesses nas mãos as tranças dos cabelos longos e escuros de todas delas, e os enfeitasses de borboletas renascidas das cinzas: *"Obrigada, mas não acredito no destino"*.

Flores brancas

Às vezes sinto-me invisível. Petrificada. Uma vontade mórbida de ficar quieta no meu canto, sem ter de enfrentar os dias, as constantes agressões exteriores, o bafo do mundo, a ferrugem do desejo. Depois lembro-me das flores, lindas, pálidas, um branco imaculado que ainda respira, apesar de morto. A fronteira entre a vida e a morte é tão ténue; e, no entanto, vivemos como se de uma parede intransponível se tratasse.

Palavras de fogo

Tanto que ela queria dizer, e as palavras ardiam, mordiam, comiam-lhe as entranhas, esburacavam-lhe o peito. Tanto que ela queria, e nada, e tudo, e a vida, e todas as vezes em que se calou e aguentou, sempre muda, sempre aflita. A vida uma pirómana inconsequente e ela uma aprendiza nata, uma freirinha de colégio, uma santinha de altar. Ela a tossir e a espirrar e a pedir perdão por existir, e a vida a rir-se e a correr-lhe sempre à frente. Ela de rastos, e a outra alta, em cima do salto, pontas, bailarina. Tanto que ela quis parar, deixar-se morrer; mas parar não podia, e morrer, morrer não sabia. O amor um castigo, porque inalcançável, e cego, e sombrio. Assim o canto das almas e dos espíritos; o canto de uma casa abandonada, o canto de uma sala fechada. Poder abraçar-te, meu amor, e dizer-te baixinho ao ouvido, muito baixinho, nunca fui virgem. Já nasci usada, gasta, estilhaçada. Nasci sulcada de rugas e de vales abertos na pele; rios sem curso nem foz; desertos sem areia. Nasci ave, nasci cobra, nasci rosa de espinhos; nasci árvore, nasci mar, nasci lua. Tanto que queria dizer-te, meu amor, que não esperes, que não desejes, que não acendas. Eu sou a escuridão e dela sou filha e escrava e reclusa. Como posso amar se as pernas e os braços não me pertencem? Se o coração não me cabe no peito? Se as palavras ardem, e mordem, e comem o que resta da voz?

A mulher dos braços grandes

A mulher tinha uns braços enormes, tão longos que mal conseguia avistar as mãos, perdidas nas brumas do horizonte. Fora isso que lhe permitira desligar-se delas, há muito; do que faziam, do que tocavam, do que sentiam. As mãos um território estrangeiro, desconhecido. Dois planetas distantes numa galáxia a milhares de milhões de anos-luz.

Com o passar do tempo, o tamanho dos braços tornou-se um problema. As pessoas tropeçavam neles constantemente. Ela própria se enredava nas voltas que com eles tecia, na vã tentativa de os encolher. Era impossível continuar a viver com tamanhos braços.

Foi quando decidiu enrolá-los à cintura, como fazia aos casacos e às camisolas para correr à vontade, em criança. Metros e metros de carne inútil.

E é assim, amarrada nos próprios braços, que enfrenta os dias. Um abraço que a mata e conforta em porções iguais.

Ninguém dá por nada.

Não fales

Não escrevas sobre a vontade de partir para longe, porventura em busca de ti mesma, que as crises existenciais não ficam bem a uma mulher da tua idade. Não fales aos quatro ventos das alterações climáticas que se abateram na tua cabeça, como se a tua cabeça fosse o centro do mundo; as pessoas têm coisas mais sérias com que se preocupar, e o clima do planeta é que está na ordem do dia, não o teu. Não fales sobre o aquecimento global de regiões inóspitas como a tua aorta ou a veia cava, ou do efeito catastrófico do degelo nas tuas regiões polares, como se o mundo se limitasse a imitar-te as maleitas à escala universal; o egocentrismo, em questões graves como estas, é de muito mau gosto. Não fales, sobretudo, dos efeitos nefastos das toxinas disseminadas no teu sangue, tem mas é vergonha e atenta na deflorestação do Amazonas, no efeito de estufa e na poluição do ar, na extinção da vida nos oceanos, onde é que anda a tua cabeça?

Ninguém aguenta conversa de caca

Mas do que não podes mesmo falar é da lixeira de resíduos tóxicos em que se transformou a tua cave, do fedor que dela emana, do nariz dos vizinhos sempre prontos a apontarem o dedo, ou talvez isto já seja a tua mania da perseguição e afinal o indicador seja teu, a vergonha pelo estado a que as coisas chegaram, a impotência perante os danos estruturais e colaterais, o desespero pela vida das espécies que sentes ameaçadas. A cave é, como se sabe, o local onde assenta toda a estrutura de um edifício e, apesar da boa qualidade dos materiais de construção, o esgoto atingiu proporções tais, a pestilência níveis tão elevados que, com o tempo, se arruinaram as fundações e contaminaram os lençóis freáticos. Isso, tem paciência, é que não. Ninguém aguenta conversa de caca.

Cadáver

E se por acaso, por um momento que seja, te passar pela cabeça mencionar as águas lodosas onde enterraste aquele cadáver, um dia; o cadáver dos teus sonhos despojados, do teu corpo mutilado, do teu futuro hipotecado; se por um maldito segundo ousares pensar em desenterrá-lo, a ele e ao cheiro; o cadáver de uma boneca que nem de trapos, nem trapos poderiam alguma vez tê-la resgatado à solidão; o cadáver de tudo o que poderias ter sido e abandonaste ao beijo do enxofre; se alguma vez, dizia, tal te passar pela cabeça, é melhor que te enterres com ele, o teu cadáver, e que apodreças de uma vez para sempre no fundo do pântano.

Jornal velho

E então pensou, não quero estar dentro deste corpo. E voou para longe, sem um último olhar ao corpo só e amarrotado, como um jornal velho, que deixava para trás.

Fora do corpo, porém, não temos lugar no mundo.

O cheiro da naftalina

Da infância resta um espelho partido
E da terra
Apenas cinzas
Não encontro a chave
Da arca onde guardava
O cheiro da naftalina
Os lençóis bordados da minha avó
O vestido de noiva da minha mãe
Flores de pano
Uma mão de ébano, elegante
Para coçar as costas
E o pedaço de verão que entrava pela janela

Amores

Amor náufrago em dois actos

I

Sonho com a tua boca
E o mundo permanece impávido
E os teus olhos que não me alcançam
De azul
E a estrada de terra
E o céu fulvo
De asas
Nuvens em desalinho
A chuva que te cai dos ombros
Do pescoço alvo
E branco
Altivo
Cisne invertido na linha de água
Pernas trementes como penas bambas
Ao vento
A bravura do
Mar revolto a inundar o céu
Dos teus olhos
E a deixar órfãos
Os meus

II

Enquanto sonho com os teus lábios
Teus cabelos
Teus ombros
Tuas mãos
Tuas asas aves águias
Barcos barbatanas algas
Cavalos marinhos
Tuas lânguidas pernas
E pestanas aquáticas
Enquanto isso não basta para saciar a sede
Vou derramando os pulsos
Os segredos na terra
O arado fecundo
A saudade de algo tão inútil e inteiro
Como um amor náufrago
Antes mesmo de embarcar
Antes mesmo de ser mar

O amor é o mais perto que podemos estar do infinito

As palavras persistem numa dança de borboletas, única, bela, louca, incompreensível. Que podem significar meros símbolos? Letras, palavras, versos, não passam de representações de uma essência que nunca conseguiremos tocar. Ilusão de óptica, significado, significante? Mero engano? Assim como os números e as suas leis se esforçam por nos dar o infinito, e este, afinal, está na seiva, no sangue, no interior das coisas trancadas pela dor. O amor é o mais perto que podemos estar do infinito; com a dor, conhecemos a sua profundidade. Já as palavras transportam o infinito, matam-no, criam-no, multiplicam-no, e por isso nos escapam, e por isso nos salvam.

No fundo dos teus olhos

Poderia continuar a ver-te da minha janela, a navegar-te pelas tardes calmas, junto às margens do silêncio. Poderia deixar as palavras sobrevoarem como borboletas. Poderia roubar-te as palavras, torná-las minhas, funestas paisagens de degredo. Poderia acreditar, ou não, no que elas dizem, imaginar um mundo veloz, a vertigem moribunda de quem, aos poucos, desiste da respiração. Ou, quem sabe, pensar que não, as palavras nada dizem, e nada, nada existe na linha do horizonte. Nada sobreviveu ao redor das cinzas. Nada me empresta de novo a vida.

Um cão que o seguia para todo o lado

O amor sofria de catarro, cuspia sangue da boca, escondia os lenços manchados nos bolsos, envergonhado, faltava-lhe o ar, andava de muletas. Tinha a coluna vergada, os ossos porosos, os cabelos brancos e os pés calejados; desorientava-se, perdia-se constantemente, tocava às portas erradas, anunciava-se sem ter sido convidado, sentava-se a um canto, os olhos vítreos de ancião, a baba ao canto da boca, um sorriso patético. Um pouco contrariadas, as pessoas deixavam-no entrar, porém, depressa se habituavam à sua estranha presença, ao tremor das mãos, ao cheiro a urina. Ninguém sabia que aquele velho demente era o amor. Todos pensavam que o amor era um sentimento, carente de representação material; quando muito, seria um pássaro, ou um peixe, diriam os mais imaginativos. E por isso ninguém ligava ao velho senil que, volta e meia, batia à porta, vestindo o olhar de uma criança. Davam-lhe de comer, era o mínimo que se podia esperar das almas caridosas, mas ninguém cuidava dele. Assim, o amor andava de porta em porta, sem pouso certo, dormia onde calhava, debaixo de um caixote. O seu único amigo era um cão que o seguia para todo o lado.

Um tipo de amor

Venham a mim as gotas de todas as chuvas, de todos os mares e lagos e estuários; as brisas correndo das montanhas e dunas e praias exóticas; os gritos das gaivotas e os ares gelados dos polos; a mim os espelhos das cachoeiras distantes, água fundindo as pedras, poeiras cósmicas no infinito silêncio dos tempos. Sempre aqui estive e aqui ficarei. Quieta. Sou uma pedra no fundo dos mares, confundida com um desses peixes rastejantes, criatura translúcida, incompreensível, um feto imerso no oceano amniótico, a boca inexistente sem palavras nem voz. Um oceano de dores, o fundo deste mar. O meu mundo. Aquele onde ninguém entrava e de onde ninguém saía. Ninguém sabia. Só eu, e as barbatanas que me nasciam dos braços, e os silêncios que me cresciam entre os dedos, e os abismos que me deslizavam corpo abaixo, sem nunca saber o fim, sem nunca sentir o fundo. A vertigem. O medo. Sombras que se movem nesta penumbra de séculos; sombras que, em vez de acontecerem no encontro com a luz, sempre viveram aqui, comigo, na escuridão. A mesma escuridão que eu, de tanto temer, aprendi a amar. O tipo de amor que se dedica àquelas forças obscuras que, por não conseguirmos combatê-las, nem dominá-las (muito menos compreendê-las), achamos melhor ter do nosso lado. Para não acabarmos esmagados por elas.

Poderá a isso chamar-se amor?

Corpos

Língua

A língua
Quer-se e
Deseja-se
Húmida
Sílaba a sílaba
Fecunda
O sexo da palavra
Óvulo
Zigoto
Ventre onde
Nus
Saudamos
Na língua mãe
Língua de tantas
Bocas
Língua ávida
Grávida
Roçando a gravidade
Literal
Avesso da metáfora
Língua morta
Almas penadas
Língua esclerosada
Ímpia
Língua nativa

Recém-nascida
Amaldiçoada
Conquistada
Violentada
Língua culta
Oculta
Em ciladas ortográficas
Pandilhas
Territoriais
Cartografia de versos
Paliativos
Língua congeminada
Congestionada
Ancestral
Odalisca
Mil e uma línguas
Mil e um vocábulos
Em orgia desregrada
Oração subordinada
Ao desejo de um só
Corpo
Narrativo
E vivo

(poema escrito para o Dia da Língua, uma singela homenagem à Língua do Catetano, Maio de 2020)

Corpos

A velocidade com que por vezes os corpos se ignoram é desconcertante. Isso e os sorrisos que se fingem de entendimento. Os lábios, maleáveis, sabem mentir como ninguém. Já o olhar é espinhoso, persistente. Inofensivo. Ostenta a ternura sem ter disso a mais pequena ideia.

As mãos

As mãos enrugam. A pele. O corpo. Escamam, as árvores chegam à pele, a casca das árvores, as mãos secas e mudas de espanto, as mãos férteis, hábeis, as mãos equilibristas, acrobatas, dançarinas. O corpo ressente-se, envelhece. A mente congela, fica parada no tempo, nos verdes anos, nas pradarias húmidas cobertas de flores, e os dedos tecem a malha que nos envolve e esconde as rugas, os pés de galinha, como se chamam os pés de galinha das mãos? As mãos não esquecem, guardam tudo, desde cidades inteiras a células microscópicas, as mãos tresandam, remexem o lixo todos os dias, separam os restos, enterram os cadáveres depois da autópsia. As mãos navegam, naufragam, cospem no mar o esgoto de uma vida. Depois remexem, adubam e plantam a terra com novas sementes, feitas dos restos que encontram no esgoto da existência prévia. As mãos são exímias em tudo aproveitar, reciclar, renovar. E mudam constantemente de pele, se bem que a conservem, camada após camada, para que não nos esqueçamos, nunca, da matéria de que somos feitos.

Na água dos teus olhos

Morar apenas na água dos teus olhos. Sem os desejar. Sem sede. Sem sequer mergulhar neles. Morar, só. Como quem respira. E dorme. E tosse. E caminha. E se deita na areia. E se deixa ficar, até a noite estender o seu manto de estrelas sobre esse corpo que já não sabe onde mora. Quem dera os teus fossem os olhos da noite. Um lago onde a lua coubesse inteira. O ensejo da aurora. E os meus braços a madrugada límpida.

Paredes e ouvidos

Falar para uma parede
É inútil.
Extenuante.
Estéril.
Consome-nos
Esgotados
Sem boca para palavras nenhumas.

Sobretudo quando a parede
Para além de ouvidos
Tem boca
Olhos
Rosto
Braços
Pernas
Tronco e coração.

Lençol branco

Não sei onde anda
Essa outra metade de mim
Os jornais deixaram de dar notícias
E todos esqueceram o assunto
Não sei onde andam os meus pés
Nem os meus pensamentos
Noutro dia, acho que os encontrei, aos meus pés
Estavam na televisão
No corpo de outra pessoa
Um cadáver na morgue
Um homem da minha idade
Encontrado morto em casa
Não há suspeitas de homicídio
O coração estava do tamanho
De uma bola de futebol
Também não sei onde anda o meu coração
Mas acho que o vi ontem
No meio do relvado
Pontapeado contra a baliza
Goooolo, grita, furiosa, a dor no meu peito
Talvez seja bom não saber dos meus pensamentos
Ter a cabeça vazia. Oca.
Um lençol branco dentro dos olhos

Morrer de pé

Dizem que as estrelas, como as velas, ardem até ao fim. Dizem que as árvores, como as estrelas, ardem de pé, até ao fim. E que antes se expandem até ao infinito, tingindo de sangue o vermelho das feridas. Ou de seiva o verde das folhas murchas.

Acidentes de percurso

Espelho

Dentro do espelho, podia imaginar que era outra
Que eras outro
Outras as tuas mãos
Outro o teu desejo

Dentro do espelho, podia imaginar que era amor
O que me davas
Que era ternura
Aquela queimadura

Dentro do espelho, podia imaginar que nada me
Tocava
A não ser o encanto
Que via no teu olhar

Dentro do espelho, podia ficar para sempre
Esquecida de mim
E de ti
E de tudo
Que era branco e era nada

Dentro do espelho, podia deixar a alma do lado de
Fora
E quedar-me quieta, calada, petrificada, morta
Até chegar a hora de ires embora

Relógio

Julgas que me conheces
Pensas que sou transparente
Desenhas-me sempre certa como um relógio

Não podia estar mais errado
O desenho
O instinto

Hoje sou eu quem escolhe as cores com que me pinto

Princesa

Nunca gostei das coisas no lugar
Da monotonia de quem não cria
Das palavras doces de quem não grita
Dos olhos incrédulos de quem não chora

Nunca gostei das coisas sempre iguais dia após dia
Desta máquina infernal de sorrisos em série
Palavras idiotas
Mascaradas de simpatia

Nunca fui suave
Nunca fui encantada
Nunca fui beijada por nenhum príncipe

Sempre acordei de noite com o medo na boca
Sempre me molhei na dor
Sempre me cortei nos pulsos da vida

Reconhecer-te

Quando, quando, estou aqui à espera do silêncio, estou aqui à espera do teu olhar e nunca mais chegas, já passaram três comboios e não há meio de ver os teus passos apressados, já nem me lembro bem das tuas feições, estão escondidas nessa mala que carregas há tantas horas de espera, desespera, e nada, nada de te ver, acho que estou há anos nesta estação de comboios, envelheci, tenho rugas e cabelos brancos que não tinha, porque o desejo de ti me transforma e transtorna, porventura também envelheceste, se calhar passaste por mim, ou quem sabe te olhei como a um estranho, pois não eras aquele sujeito com entradas e óculos de míope, afinal eras tu, quando na verdade foi há anos que passaste pela minha vida, os olhos mais escuros, o sorriso mais profundo, a expressão pesada, nos lábios outra firmeza, por isso não te reconheci, esperava um menino, aquela arrogância para tudo o que vias como banal e medíocre, e agora, afinal, um homem, e na mala, a ternura necessária para te colocares ao lado das almas simples. Como podia reconhecer–te?

Vertigem

Dois olhos imensos como duas portas
Onde a chave a chave
Acho que ficou em cima da cómoda
O jornal repousa na plácida manhã de domingo
O café arrefece na chávena gelada
Manhã nublada
É então que olho em volta e vejo um deserto
Rios em vias de extinção
Os chinelos precisam de sola nova
Estão velhos e gastos
Talvez amanhã
(O despertador tocou)

Depois de ti

Se eu disser o teu nome
As vezes suficientes
Para que cada letra
Se inscreva na minha carne
Se eu soletrar baixinho
As sílabas
E demorar a língua
Nas tónicas
Se gravar na pele
O sopro
O ritmo
Da tua graça
Se num beijo decassílabo
Percorrer-te a curva do pescoço
Como quem diz um verso
E com as mãos em fogo
Fizer nascer um poema
No teu corpo
– E se por fim já não souber dizer-te o nome –
É por não poder jamais
Nomear o mundo
Depois de ti

Tempo

Houve um tempo
Em que não sabia que o tempo
Era redondo
Em que desconhecia a rota
Dos pássaros e das nuvens
Houve um tempo
Em que pensava que os sonhos
Eram apenas o avesso da vigília
Que os mares eram os desertos
Depois dos dilúvios
Que as lágrimas eram pequenas flores
De cristal
Houve um tempo em que
Desconhecia o tempo
E o que ele faz à pele
Aos rios, aos pulmões
Às sementes, às partículas atómicas
Houve um tempo em que eu
Era o universo em expansão
E a luz, cegueira
E a escuridão, a minha cama
Depois veio o tempo das vagas

O tempo do ouro. O tempo da solidão
O universo contraiu-se
E uma pequena partícula
Atravessou milhares de milhões
De anos-luz
Até aqui
Eras tu. E não eras tu
Eram tantos e tantos outros
Que me habitavam
Sem me dar conta

Voar

Devíamos viajar leves
Sem nada nas mãos
Ou nos bolsos
A cabeça vazia
O copo em locomoção
Devíamos voar descalços
As mãos na terra
E os pés e os braços e os cabelos
E as raízes
Nas nuvens

Existência

Não sei que nome dar a isto
Esta corda que não me larga
E persiste
Atada ao pescoço
Não sei que nome dar às escavações
Arqueológicas
Que o tempo insiste
No meu peito
Restos de antigos palácios
Colunas
Cacos de porcelana
Cerâmica
E ossos. Um cemitério
Que se estende do pulmão direito
Ao baço
Nos dias melhores provoca azia
Nos outros, é toda a angústia
Da existência
Na boca do estômago

Ode à Poesia

Deixei de acreditar na poesia
Ela não me trouxe a chuva
Nem os pássaros
Nem o vento que eu pedia

Já não creio na poesia
Já não quero as palavras
Quero o silêncio da madrugada
Quero as cinzas

Vou queimar os dedos
Os cabelos
Cuidar das pedras
Da calçada
Deixar livres os medos
Os segredos

Cerrar portas e janelas
Erguer muros
Súplicas
Flores carnívoras

Estancar o alívio
Da maresia

Amolar as facas
Os cutelos
As tesouras
As lâminas dos meus olhos

Vou matar a poesia

A lentidão de um relâmpago

O corpo da terra, o corpo dos homens feridos, o corpo das manhãs, o teu corpo adormecido na cama e o desejo de nele acordar, de nele morrer o desejo, acordar num outro corpo, o desejo das manhãs de chuva, o calor da tua pele nos meus olhos, as mãos em concha ao redor da vista subitamente cega, o sol ferindo a mente com a sua paciência de relâmpago, o café esfriando, as lágrimas ardendo e os dedos em pétalas, os beijos, o sono nas pestanas e a neve desenhando trilhos, as sombras agitando as cortinas, o amor feito aos pedaços e a luz sempre tão cinzenta, o teu corpo adormecido e o meu sonho de nele acordar, o sol ardendo com a lentidão de um relâmpago, a neve escaldando e a fúria de te matar de sede, beber a água na tua boca e deixar-te exausto, vivo, inerte. Morto de fome.

Casulo

Há algo de desumano na espera. O instinto diz-nos para andar, sentir o caminho, percorrê-lo de pés nus em comunhão com a terra. Mas nós, deuses intocados pela natureza, paramos, bocejamos, adormecemos sem um ritual nem um suspiro. As luzes das cidades estão aí para nos gritarem as maravilhas da tecnologia, assim como as luzes dos ecrãs privados que nos acompanham, intermitentes, como um braço extra, ou uma perna. E, porém, há muito que os pássaros se deixaram de ouvir e nada, nem ninguém, parece sentir a falta do seu canto. Foi nisso que pensei quando vi a mulher no autocarro, de pé, agarrada ao varão, oscilando ligeiramente ao sabor da aceleração. Estava de olhos fechados e parecia concentrada em algo; um som, um pressentimento, uma auscultação interna. Era muito jovem. Não usava auriculares. Nada segurava nas mãos. De vez em quando abria os olhos e eu via, nitidamente, dois pássaros, um em cada olho, no fundo do azul celeste que lhe iluminava a íris. Saímos juntas e quase chocámos. Olhou-me, e um dos pássaros levantou voo, escapando-se da sua gaiola de vidro. Ela seguiu o voo da ave, sorriu, e nessa altura ouviu-se, nítido, o trinado do outro pássaro, o que permanecera dentro do olho direito. Chamaria pelo companheiro, ou ansiaria libertar-se também? A mulher sussurrou qualquer coisa inaudível, um pedido de desculpas, talvez, voltou a sorrir e eu percebi que também sorria, embevecida, perdida dentro da maré azul do seu olhar. Foi quando senti uma comichão súbita no olho esquerdo, uma aflição de lágrimas; pestanejei, levei a mão à pálpebra e massajei com cuidado; o ardor não passava e as lágrimas agora formavam uma pequena represa prestes a transbordar. Quando reabri os olhos a mulher desaparecera e eu derramava lágrimas cristalinas que brotavam com um pequeno trinado. Senti um roçar leve no nariz e vi, nitidamente, a pequena ave que se afastou, como uma borboleta acabada de sair do casulo.

Alma de vento

Se fosse a alma desse vento a abraçar-me nua, inteira, sem noite nem lua nem estrelas, apenas luz, e trevas, e solidão, e planícies de esquecimento, a folhagem de um ribeiro, um murmúrio, brisa que se sonha marinha, e espraia, praia e deserto, cascalho, o sol tórrido na cal do muro, dureza, frieza de maresia, as ondas, a maré vaza, a alma entornada, estagnada, esventrada. Alma que se quer tronco, raiz, âncora, rocha vulcânica no ventre da terra, magma, lume vivo, cinzas fúnebres na memória, folhas ardendo em gritaria, ventania, sinfonia, e as mãos do vento, os dedos, as carícias, as bocas. Lábios rubros. Trémulos. Mãos dúbias. Pernas bambas. Altas e incertas. Passos hesitantes. Ladeiras inclinadas, vertigens revisitadas, os abismos do futuro, o passado engarrafado, engavetado, votado ao arrefecimento. Os braços que se querem múltiplos, os abraços, os teus olhos que me levaram o brilho das manhãs, o coração que me fugiu do peito, vadio, forasteiro, a alma que se faz de morta, que se queda, vazia, assombrada, sem nada que a prenda aqui, que a cative, que a vingue. Este lugar deixou de ser meu. O céu deixou de ser imenso e vasto e infinito. O céu encheu-se de penas e as nuvens caíram em pranto, cobriram as mágoas, as lagoas, as albufeiras e os estuá-rios. Desisti de ser ave. Quero o desdém que votas ao que não vês. Ser invisível para poder liquidar as lágrimas que permaneceram no tronco das árvores, talhadas, a casca ressequida ao sabor da tristeza, da liquidez do choro. Abre o peito para que te nasçam os braços, os ramos, os dedos, as folhas, para que mais tarde te caiam os cabelos, as mesmas folhas que agora estão verdes e viçosas, os mesmos olhos sem um porto, sem um abrigo, sem um sinal de vida. Fico no cais à espera da noite, do barco, da pescaria, da tempestade. Nunca quis tanto ir com o vento. Ausentar-me. Atracar-me ao prin-cípio dos tempos. Ao fim de um sonho que não nos deixa acordar.

Pregão

Quantas cores nas tuas dores Quantos cheiros nos teus
temores Quantos dedos nos teus anseios Quantos grãos
nos teus receios Quantas mágoas nas tuas mãos Quantas vidas nas tuas rugas Quantas madrugadas na tua luta
Quantos medos espalhados no chão Quantas memórias
na tua história Quantas súplicas no teu pregão Quantas
bocas caladas esperando o pão Quantas cores nos teus
anseios Quantos cheiros nas tuas dores Quantos dedos
nas tuas mãos Quantos grãos na tua luta Quantas mágoas na tua história Quantas vidas nos teus receios
Quantas madrugadas nos teus temores Quantos medos
nas tuas rugas Quantas memórias espalhadas no chão
Quantas súplicas esperando o pão Quantas bocas caladas no teu pregão Quantas cores nas tuas rugas Quantos cheiros na tua história Quantos dedos espalhados
no chão Quantos grãos nos teus temores Quantas mágoas no teu pregão Quantas vidas nas tuas dores Quantas madrugadas esperando o pão Quantos medos nos

teus anseios Quantas memórias nas tuas mãos Quantas
súplicas na tua luta Quantas bocas caladas nos teus receios Quantas cores espalhadas no chão Quantos cheiros nas tuas mãos Quantos dedos na tua luta Quantos
grãos na tua história Quantas mágoas nas tuas dores
Quantas vidas nos teus temores Quantas madrugadas
nos teus anseios Quantos medos esperando o pão
Quantas memórias no teu pregão Quantas súplicas nas
tuas rugas Quantas bocas caladas na tua história Quantos dedos nas tuas rugas Quantas madrugadas nas tuas
mãos Quantas vidas esperando o pão Quantas mágoas
Quantos grãos Quantos cheiros Quantas súplicas
Quantas bocas Quantas rugas Quantos dedos Quantas
mãos Quantas memórias Quantas histórias Quantas vidas

Ardendo

O mundo está ardendo e ninguém parece reparar nisso. Eu estou ardendo e ninguém sabe. Você arde, o seu filho, os seus pais, seus irmãos. Seus vizinhos. A rua inteira. As casas, os passeios, os jardins, os túneis, os viadutos. As pontes. As muralhas. As ameias. Os castelos. Palácios. Barracões. Bairros de lata. Favelas. Os esgotos. Os mares. As matas. As florestas. O mundo inteiro. Arde. Sem cessar. Uns ardem de fome. Outros de sede. Maleitas. Febres. Angústia. Sofrimento. Tristeza. Amargura. Falta de água. De ar. De tudo. Civismo. Vergonha na cara. Princípios. Escrúpulos. Dignidade. Dinheiro. Um tecto. Comida. Um canto onde dormir. Amor. Afecto. Ternura. Vida. Falta de sentido. Incentivo. Amor-próprio. Respeito. Falta de educação. De motivação. Condições. Saneamento básico. Saúde. Ânimo. Forças. Tanta coisa. Arde-se por um fio. Por cobiça. Ganância. Pega-se fogo. Queima-se o que resta da decência. Incendeia-se o que sobra da civilização. E espera-se pela chuva. O dilúvio. Reza-se aos Deuses. Implora-se. Um naco. De pão. Um suspiro. De rendição. Um sopro. De alguma coisa. Que ainda traga. De volta. O único incêndio benigno. O da paixão. Ou será da revolução?

Natureza de ave

Um dia, há muito, sonhei que era um pássaro. Mas, perplexa, vi que os anos passavam e não me nasciam as prometidas asas. Tentei agarrar-me às verdades terrenas. E com tanta força o fiz que me cresceram, em lugar de braços, ramos de vertiginosas sombras e raízes fundas nas solas dos pés. Fiquei ali, estática, enquanto à minha volta se abria o maior deserto que eu já vira: aquele que saíra de mim com a força de um vendaval. Esvaziei-me completamente até não me reconhecer. Depois, muito devagar, os meus ramos pereceram eu entendi que era tempo de me enterrar na areia, não para morrer, mas para me dissolver nos grãos de todas as pedrinhas minúsculas do mundo, e correr, feita água, até ao oceano onde nascera. Foi lá, no meio das ondas, que encontrei os teus olhos. Durante muito tempo pensei que tinham sido eles que me salvaram, mas enganei-me. Os teus olhos de peixe apenas abriram os meus e tingiram-nos de azul, cor que escasseia no deserto de onde eu vinha. E não, não foram os teus braços, foram os meus. Foram os meus ramos ressequidos que ficaram a boiar à tona de água, gestos esquecidos e primordiais, agora inúteis, enquanto eu me volatilizava e libertava das raízes de terra escura. E agora, no eco dos búzios e das marés, ouço, lá longe, muito ao longe, outras vozes no vasto oceano. A minha natureza de ave a chamar por mim e a acenar-me com as suas longas asas, as mesmas que sonhei para os meus braços desde o princípio do mundo.

300 gramas

A minha vénia para Elena, de Petra Costa.
Ou para Petra, de Elena Costa.

A casa desabou. As paredes apodreceram. Os cantos
encheram-se de bolor. O cheiro a salitre tornou-se o
único ar respirável. As feridas. As veias expostas. A hemorragia abundante. O coração pesava 300 gramas.
Uma vida inteira em meros 300 gramas. Talvez o amor
não tenha peso. E a tristeza? O veneno acumulado.
Mais letal do que o colesterol. Desse, há o maligno e o
benigno. Curioso como tudo tem sempre duas faces. Só
a morte carece de rosto. Ou não nos atrevemos a en-
cará-lo. Na luz da tela vi uma menina dançando com a
lua, e outra menina, mulher, procurando o próprio
rosto que se confundia com a sua alma. E a alma era o
corpo que albergava, um corpo moribundo, quieto, na
morgue, para sempre imóvel. Cicatriz aberta na carne,
lume que virava água. Correnteza, maré. O ar nos pulmões insuficiente, carente, tóxico; respirar um martírio,
uma dor, uma angústia aqui, bem no centro do peito. A

culpa pesava mais do que qualquer infinito. Na corrente do rio extinguiram-se as perguntas e só sobraram lágrimas, pedras preciosas, lama, brilhos cristalinos de estrelas. Criaturas marinhas dissolvidas em mágoa, boiando à deriva. As palavras rasgando a pele, queimando o entendimento, deixando um rasto de dúvidas cósmicas. A casa ruía a cada segundo, e alguém segurava as paredes, tentando deter a calamidade que já pressentia nas veias há muito. A voz que cortou o tempo, um rosto de menina que ficou gravado nas paredes, nos muros, nos aquedutos. Uma presença que se busca até à loucura do esquecimento. Uma vida que deita semente e raiz à terra, e nada espera. A miséria de não ter respostas, só pulsos destruídos, em carne viva, e um olhar desconhecido do lado de lá do espelho. Ouvia a voz dessa mulher, hoje, e indagava, onde estaria essa irmã que perdi, pois de súbito ela era minha, uma irmã que nunca tive, mas me pertencia como uma parte do corpo que desconhecesse, um segundo coração arrancado do peito à nascença, um gémeo que nunca vira, ou devorara dentro do abismo uterino. Enquanto ouvia aquela voz, eu também morria. Olhava-me ao espelho e descobria um olhar distante e vazio. Desconhecia o meu próprio rosto. Era minha, a dor? Não sabia. Não ouvia. Não entendia. O entendimento não ajuda. São as mãos que nos unem, e as estórias que contamos, que contam de nós aquilo que emudece dentro da alma, impronunciável. E que não encaixa em lugar nenhum. Só o coração, os tais 300 gramas de carne, pode comportar os diques e os desfiladeiros da razão, e omiti-los, e fazer-se de mudo, idiota, lunático. No fim, só a saudade pesa. Infinitamente, como a lua.

Epidemias

O ano que vem (2020)

O ano que vem terá rosas nos jardins e nas janelas e nos olhos e nos cabelos. O ano que vem será o de todas as resoluções. O ano que vem trará fruta, enxurradas. Vendavais. Maremotos. Calamidades várias. De entre fome e miséria, teremos muito por onde escolher. O ano que vem terá peixes mortos boiando nos oceanos. Crianças mortas dando à costa. Homens e mulheres, náufragos de uma guerra que inclui todas as guerras. O ano que vem será pródigo em destruição. Bombas, granadas, minas, metralhadoras, um manancial bélico de primeira. O ano que vem será um vasto cemitério, as lápides vazias, sem epitáfios. O ano que vem trará bandos de pássaros e céus limpos de raízes. O ano que vem terá hectares de terra lavrada, culturas intensivas que em breve abarcarão toda a superfície florestal da Terra. O ano que vem trará o fim das florestas virgens. E a extinção dos povos indígenas. E de outras tantas espécies animais. O ano que vem será o ano das extinções. E também o das distinções. Teremos de saber distinguir um beijo de um corte, um afago de uma bofetada, uma carícia de uma facada. As piores feridas são aquelas que não matam e ficam sangrando lentamente, uma hemorragia interminável, uma fraqueza constante, uma vulnerabilidade irreversível. Ninguém quer ser vulnerável. Lá no fundo, ninguém quer. O ano que vem será o ano de todas as armaduras. Muralhas. Fortalezas. Condomínios privados. No ano que vem aprenderemos a língua das garças. Das borboletas. Da lentidão dos caracóis. Ano que vem quero beijar muito, amar muito, dar muitos abraços, partir pedra. Esculpir as emoções até ao tutano. Retirar o excesso. Ninguém gosta de excessos. Histerismo. Ridículo. As pessoas gostam da contenção. Menos nas redes sociais. Aí toda a gente transborda. Grita. Berra. Bate com a mão na mesa. Dá um soco na parede. Um espectáculo no ecrã, um vídeo, uma foto, um like, um coração, uma lágrima, muita raiva. Quando foi que as emoções adoptaram a banalidade das coisas inócuas? A década que vem será a da verdade. Da salvação ou da destruição do planeta. Sem meios-termos. Como a barra da morte e do amor. No ano que vem vou finalmente dedicar-me à cultura de cogumelos. Os fungos trazem benefícios extraordinários para a saúde. Já não sei onde li, mas pouco importa. No ano que vem vou cuidar mais da pele, do cabelo e das unhas. Também vou cuidar que os armários não se encham de bolor. A proliferação descontrolada de fungos em ambiente não acondicionado pode tornar-se nefasta. A minha avó dizia que o vinagre é o melhor para erradicar o caruncho das paredes e do interior das gavetas. No ano que vem vou parar de deitar meias para o lixo. Em vez disso, vou passájá-las, como a minha avó fazia. Vai dar mais trabalho, mas precisamos de parar com o desperdício. Pequenos gestos individuais fazem a diferença. No ano que vem vou estar mais atenta ao lixo. Ao chão. Às entradas dos esgotos. Às valas. Aos becos sem saída. As pessoas deitam fora muita coisa útil. A cidade está cheia de móveis esquecidos aos cantos das ruas. Conseguiria mobilar uma casa inteira sem gastar um tostão. No ano que vem vou tentar sorrir mais, sorrir para os estranhos na rua. Também vou tentar chorar mais, e gritar. Gritar muito. Deixar os vizinhos desconfiados da minha sanidade mental. Talvez tenham de chamar a polícia uma vez ou outra. Mas não posso continuar a engarrafar a minha raiva. Se a pudesse vender, era outra conversa. Mas quem iria comprar garrafas de raiva? Ainda se fosse de amor, felicidade, paz, tranquilidade, essas coisas que toda a gente procura. Se bem que a raiva dos outros dá mais jeito do que a nossa. A nossa nunca parece suficiente para merecer uma atenção mais detalhada. A alheia rebenta mais fácil. Retroalimentação. No ano que vem vou tentar comer menos. Não para fazer dieta, mas para contribuir para um ambiente sustentável. Há quem se alimente de luz, não custa tentar. Talvez a fotossíntese não seja exclusiva do reino vegetal. Talvez, treinando a mente, consigamos lá chegar. O ano que vem trará muitas migrações e muitas detenções nas fronteiras. No ano que vem haverá novas fronteiras. Novas regras. Burocracias. Papelada. No ano que vem ficaremos cada vez mais dependentes do vazio. Dos derivados do petróleo. Dos combustíveis fósseis. No ano que vem as temperaturas continuarão a aumentar, assim como o degelo nos polos. No ano que vem as focas e os pinguins e os ursos polares terão cada vez menos território habitável. Ano que vem haverá mortes na estrada e em outros lugares, remotos ou não. Ano que vem haverá vidas que se extinguirão, e outras que continuarão apesar do desmatamento da Amazónia. Apesar dos sem-abrigo dormindo nas ruas, morrendo nas calçadas geladas. Apesar da poluição atmosférica, apesar do aumento do nível das águas do mar, apesar da morte das abelhas. No ano em que as abelhas morrerem todas, restará pouco tempo de vida à humanidade. O ano que vem trará mulheres mortas pelos maridos, pelos namorados, pelos companheiros. Também haverá homens mortos pelo mesmo motivo. E haverá homossexuais e transexuais perseguidos e mortos. E mulheres apedrejadas até à morte por adultério. E meninas a quem será cortado o clitóris. No ano que vem haverá gritos de dor que muito poucos ouvirão. Gritos que se confundirão com o ruído branco das máquinas em funcionamento. O barulho do motor das cidades, dos carros, dos helicópteros, dos comboios, dos navios, dos aviões. O ano que vem é o ano do Rato. Mas também será o dos dragões, das víboras, dos chacais, das hienas, dos abutres e dos vampiros. Os que comem tudo e não deixam nada. No ano que vem haverá cada vez mais pessoas a morrerem de fome. E cada vez mais pessoas a morrerem de enfarte e de fartura. O ano que vem não será justo. Nem alegre. Nem triste. Nem melhor. Nem pior. Não trará nada de novo. Nós sabemos disso e, ainda assim, insistimos em esperá-lo como quem espera a redenção. Como quem afoga a consciência. Como quem se empanturra de esperança.

O ano que vem mal pode com as pernas.

Nem com os braços.

O coração quase parado.

Isto ou aquilo

Há pouco
Na varanda
Ouvi o vizinho do lado
Não sei onde isto vai parar
Não percebi do que falava
Mas lembrei-me da minha mãe
Ontem
Na cozinha
Para o meu pai
Isto vai de mal a pior
Há um senhor na televisão
Que está sempre a dizer
Isto é uma vergonha!
Assim, com ponto de exclamação
Então resolvi ir ao dicionário
Mas fiquei na mesma
O que é um pronominal demonstrativo?
Perguntei à minha irmã
Não me chateies
Foi a resposta
Eu insisti
O que é isto de que toda a gente fala
Que é uma vergonha
E vai de mal a pior

E ninguém sabe onde vai parar?
Deve ser a tua língua, puto
A minha irmã é uma chata
Está sempre a desconversar
Voltei para a varanda
O vizinho continuava ao telefone
Ou talvez falasse sozinho
Anotei todas as vezes que ele disse a palavra
Isto não pode ser
Isto não se aguenta
Isto ainda é pior do que eu pensava
Isto é ridículo
Isto é uma merda
Isto é demais!
Isto é uma coisa
Isto não se pode
Isto só visto
Porque contado ninguém acredita
Isto é com cada uma
Isto não lembra ao diabo
Isto só lá vai ao estalo
Isto é uma desgraça
Isto já não se endireita
Isto
Nunca
Me
Passou
Pela
Cabeça
Quem é que esperava
Uma coisa destas?
Risquei a última frase

Porque não tinha a palavra
Isto
E depois lembrei-me de um livro
Que a minha mãe estava a ler
No outro dia
Se isto é um homem
Então se calhar é isso
Isto é um homem
Será que também pode ser uma mulher?
Hei-de perguntar ao meu avô
É o único que tem paciência
Para as minhas perguntas
Mas agora não podemos ir lá a casa
Por causa da quarentena
Que também não sei o que é
Mas já percebi que tem alguma coisa a ver com
Isto

Esfaimada

Talvez as horas se percam
Mudas
Talvez os segundos
Se quebrem
Os vidros das janelas
Dos relógios
A boca da terra
Talvez as cordas se desfaçam
Em conchas
Talvez as aves não voltem do sul
Talvez as águas se agitem
Debaixo da ponte
O mesmo rio
A boca do rio
Talvez o riso já não more aqui
Talvez o teu rosto
Talvez o mar tenha tingido o céu de azul
Marinho
Talvez eu já esteja morta
Órfã
Imóvel dentro do cristal do tempo
Os lábios mudos
A loucura dos segundos
Somando esse deserto que é o teu silêncio
A sede da tua pele
A fome da tua boca o delírio o desejo a saciedade

Da tua boca
Talvez a minha pele nua
A tua pele nua
Talvez nuas as mãos
Os órgãos
Os dentes cariados
As línguas desdobradas
Em pétalas
Talvez o corpo
Órgão maleável
Plástico
As mãos de barro
A consciência de carne
E os neurónios de aço
Talvez uma praia diáfana
Azul
Distinta e intocável
A minha boca de terra
A tua boca carnívora
A boca esfaimada
Escancarada
No peito da terra
Talvez a nossa pele nua
Desolada carente
Terra arável
E as bocas
Dois lagos
Duas luas
Dunas
Colinas
Nuas

Crateras da Lua

Até os pássaros vão e voltam
Os rios correm para o mar
E a maré se enche de vontade da Lua

Até as nuvens choram
As árvores estremecem
E as raízes se prendem à terra

Até as pedras da rua se comovem
Os calhaus
Os anéis de Saturno
As crateras da Lua

Até os cometas ardem de paixão

Dunas

Não havia dunas
Nem passos
Sequer chão que desenhasse
O caminho
Não havia lágrimas nos teus olhos
Apenas um céu sem nuvens
E nos meus a noite descia
Do ocaso
Não havia mar nem céu
Não havia inconsequência
Nada do que eu via
Eu via
Ouvia
Nada do que dizias
Nada nos dias
Que nos servisse de bússola
Nada no horizonte
Nem norte nem sorte
Nada a sul do meu corpo
Não havia olhos nem braços
Não havia muros nem ruas nem cidades
Ninguém nas janelas
Nem tapetes nas portas
Nem labaredas
Não havia água necessidade
Nem sede
Não havia coração que chegasse
Para tanto tormento

Não havia sentimento
Nada para lá dos corpos
Atravessados
Desencontrados
Chacinados
Não havia sangue
Nem bruma
Nem rumo
O naufrágio acabou por se esvair sem um grito
O barco encalhado na cisma de um instante
Um fio do infinito
Não havia nem abutres para despedaçarem
Os cadáveres
Não havia alma
Nada que denunciasse a mínima presença
De um sonho
Ou de uma peste
Um catarro na garganta
A última das perdições
De um bando de fiéis
Hipócritas
Conformados
Passados a ferro com esmero
Por anos de reclusão
Não havia dia nem luz
Nem esperança
Nada para além da cama vazia
Os lençóis mudados de véspera
E a colcha rendada
Uma nódoa
Uma sombra nas dunas
Do esquecimento

O teu nome

O teu nome é a palavra
Com que eu queria morrer
Na boca
O teu nome deixa-me
Impossibilitada
De falar
O teu nome entrelaçado
Na minha língua
As letras do teu nome
Nascidas
Uma a uma
Na flor
Dos meus lábios

Encruzilhadas

Evita as lanças
Mas deita-te com as lágrimas
Do inimigo

Metade

Por vezes o desejo
O pedido
A urgência
É que os rios deixem de correr
O fogo não arda
A ferida não queime
O sal não sare
E não atice o lume
Por vezes exigimos
Amolecer as pedras
Liquefazer as estrelas
Por vezes teimamos
Que a chuva não chova não alague
Que o poço não tenha fundo
Que a pena não seja leve
Que a louça não quebre
Que os cacos se possam afeiçoar ao chão
Por vezes o desejo
É que a tua boca não desenhe as palavras
Que a tua voz não faça tremer a terra
Nem estilhace os vidros
Nem derrube as juntas
Que me mantêm intacta
Inteira
Pela metade

Mal me queres

Mal sei do mundo
Quando me faltas
Mal sei de mim
E da tua falta não sei
Se é não poder ver-te
Ou não poder ter-te
Ou talvez saber
Que nunca poderei escrever-te o meu coração inteiro
Mal sei se me faltas
Ou se me falta
A ideia de ti
E não saber de mim
Nem do mundo
Nem da falta em que me trazes
Suspensa

Correntes

As correntes podem ser marítimas
Fluviais cósmicas eólicas
Eléctricas magnéticas
Sanguíneas

Também as há decrépitas acéfalas
Sem sentido nem direcção
Ou em contra-mão
Remando contra a maré as mais ousadas
Correntes de palavras ideias argumentos
Opinião

Há as correntes de afectos de laços de dedos
De mão em mão
E há as que acorrentam em vão
Pois pensamento sentimento emoção
Nem machado nem corte nem prisão

Há correntes migratórias
Vidas espartilhadas naufrágios corpos a dar à costa
E há as que se lançam como braços como âncoras
Portos de abrigo resgate
Correntes solidárias
Correntes de paz de pão de educação
Correntes inquebráveis invioláveis inquestionáveis
Correntes de aço de abraço de união

Correntes que nos aprisionam
Neste espaço neste corpo neste chão
Correntes de saudade e de esperança
De reunião de confraternização
Correntes de almas e de palmas
De olhos de cumplicidade
De ouvidos de pés em transe
E pulsação

Uma dor

Uma dor que soletra
Respira
Condensa
Uma dor que já faz tempo
Se esqueceu do que doía
Uma dor moribunda
Uma dor fraudulenta
Uma dor teimosa
Que não se cala, casmurra
Uma dor velha, rabugenta
Uma dor de cabelo branco
Sem eira nem beira
Vagabunda
Uma puta de uma dor
De cotovelo
Artrite
Sinusite
Cefaleia
Uma dor de lobos esfaimados
Alcateia
De uivos
Uma dor alva
De quarto minguante
Em mudez crescente

O ventre prenhe da terra

Nua
De palavras
E veias
As meias
Até ao joelho
Os botões da camisa
Entre
Abertos

Nua
Sem saber
Que nada tinha
Para além da pele roxa
De frio

Quando, meu amor
A última vez que amordaçámos
A noite
Atraiçoámos a lua
Que nos despimos da pele e nos vestimos
De folhas secas
Nos cobrimos de lenha húmida
Nos tatuámos de lama
Nos beijámos sem boca
Apenas língua e dentes
Garganta em lava e fúria e poente

Nua
Atrás das grades
Para lá dos muros
De tantas camadas de pele
Nua como as dunas
Os nós dos troncos
Das árvores
Folhagem tardia

Quando, meu amor
A última vez que chorámos
Lágrimas de chumbo
Que crescemos asas e labaredas e barbatanas de peixe
Que retalhámos os corpos
A carne esventrada de uma baleia
O ventre prenhe da Terra
As ruínas de um parto
A nudez de um olhar
Que se esfumou para as nuvens
Envergonhado

Altaneira

Quando um dia te chegar aos calcanhares
Será para inventar o chão que pisas

AGRADECIMENTOS

À minha querida amiga Gabriela Silva, que, sem inten-
ção, anunciou a metamorfose de uma micro-narrativa
num livro de poesia. Este livro.

Aos muitos poetas que me inspiram todos os dias

Aos amigos presentes nessa caminhada.

SOBRE A AUTORA

Gabriela Ruivo Trindade (Lisboa, 1970) formou-se em Psicologia e trabalhou como psicóloga e formadora profissional até 1999. Venceu o prémio LeYa com o seu primeiro romance, UMA OUTRA VOZ (LeYa, 2014), distinguido posteriormente com o prémio PEN Clube Português Primeira Obra, e publicado no Brasil em 2018 (LeYa - Casa da Palavra). Um excerto de UMA OUTRA VOZ, traduzido para inglês por Andrew McDougall, foi publicado na 24ª edição da revista YOUR IMPOSSIBLE VOICE (2021). Publicou o conto infantil A VACA LEITORA (D. Quixote, 2016), AVES MIGRATÓRIAS (poesia, On y va, 2019) e ESPÉCIES PROTEGIDAS (contos, On y va, 2021), para além de contribuições em várias antologias de poesia e conto. A cotradução inglesa do conto O SÍTIO DOS MORTOS-VIVOS (Espécies Protegias, On y va), da sua autoria e de Victor Meadowcroft, foi publicada no blogue da revista Asymptote em 2022. É presidente do Conselho Cultural da AILD (Associação Internacional dos Lusodescendentes) no Reino Unido, co-fundadora do PinT (Portuguese in Translation) Book Club e Mapas do Confinamento, um projecto cultural que reúne mais de uma centena de artistas de língua portuguesa. Dirige a Miúda Children's Books in Portuguese, uma livraria online especializada em literatura infantil escrita em português. Traduziu A CABANA DO TIO TOM, de Harriet Beecher Stowe (Sibila Publicações, 2020).

UMA OUTRA VOZ
Prémio LeYa 2013

*"Merece destaque a originalidade com que a autora combina o indivi-
dual e o colectivo, bem como a inclusão da perspectiva do(s) narra-
dor(es) no desenho cuidado de um universo de vastas implicações mas
circunscrito à esfera do mundo familiar ao longo de um
século de História."*

Manuel Alegre (Presidente do júri), José Carlos Seabra Pereira, José Cas-
tello, Lourenço do Rosário, Nuno Júdice, Pepetela e Rita Chaves

*"A prosa de Gabriela Ruivo Trindade é fluída, segura, sempre cor-
recta, muitas vezes esmerada. Anuncia uma escritora ainda em cresci-
mento mas cuja evolução valerá a pena acompanhar."*

José Mário Silva, Expresso

"Numa palavra: uma obra-prima."

João Céu e Silva, Diário de Notícias

*"A escrita de Gabriela Ruivo Trindade irradia uma segurança que
lhe confere uma invulgar autoridade para uma primeira obra."*

António Ganhão, Acrítico

*"Uma Outra Voz is a highly original, innovative and rich work of
literary fiction."*

Andrew McDougall, tradutor

Printed in Great Britain
by Amazon

86904098R00059